Pour Alain Arnould,

Noël en ce monde

la naissance sans fin.

Avec mes vœux de prompt rétablissement.

[signature]

Du même auteur, chez le même éditeur

Célébration du quotidien, 1997, 2007, coll. « Littérature ouverte ».
Contes d'espérance, 1998, coll. « Littérature ouverte ».
Célébration de Noël, 2000.
Battements d'elles, 2000, coll. « Littérature ouverte ».
Singulières et plurielles, 2002, coll. « Littérature ouverte ».
La Liberté de l'amour (avec Christophe Henning), 2005.
L'Âge de vivre, 2007, coll. « Littérature ouverte ».
Perdre pied, 2008, coll. « Littérature ouverte ».
Secrète présence, 2001, 2009, coll. « Littérature ouverte »
Courir sous l'averse, 2009, coll. « Littérature ouverte »

Colette Nys-Mazure

Noël en ce monde

Contes pour aujourd'hui

Lethielleux
Desclée de Brouwer

10, rue Mercœur, 75011 Paris
ISBN : 978-2-283-61079-4

L'adorable présent de toute naissance

Toute naissance est un présent, un don au présent. Pourrions-nous comprendre la naissance de Dieu fait homme sans recourir à notre propre expérience ? Miroir déformant peut-être, reflet néanmoins. Nous sommes trop étroits pour imaginer au-delà.

Je me souviens de la première grossesse, tellement plus protégée que celle de Marie ; je revis le travail de l'accouchement dans la maternité accueillante alors qu'elle était en quête d'un lieu de hasard pour héberger la délivrance. Je me rappelle l'émerveillement qui tenait en éveil : un enfant, né de nous, fruit de l'amour.

Une dimension inouïe de l'existence s'est alors révélée. Au point qu'on trébuche sous les étoiles, submergée de se sentir tout à la fois l'enfant d'un homme et d'une femme, la mère d'un enfant – garçon ou fille peu importe. On prend sa place dans la famille ; on comprend ce que les témoignages et les livres avaient laissé entrevoir. Cet enfant fait de notre chair, de notre terre, poli jusqu'au bout des ongles et des cils, libère en nous des flots d'intelligence première. Marie a dû ressentir cela.

Plus tard dans la vie, lorsque nous nous penchons sur l'enfant de notre enfant, l'étonnement ravi rejaillit devant le visage endormi, tombé d'un coup dans le puits du sommeil, indifférent au monde alentour qui s'active et le couve ; reparti dans la nuit d'où il vient, dont il se dégage non sans peine. Adoration. L'itinéraire d'une vie de la naissance à la mort qui est renaissance ; bercement et blessure, enfouissement et résurrection.

L'accueil de cet être pareil et différent attise en nous le meilleur, l'aptitude à aimer gratuitement, sans espoir de retour, *comme Dieu nous aime* : brusquement l'expression prend sens et nous demeurons dans la stupéfaction d'une réalité outrancière pour un humain.

S'il en va ainsi dans les pays en paix, il en est de même sous les bombes, au fond des caves. Persiste la merveille de l'éclosion, la vie infiniment précieuse, exposée au pire comme au meilleur. Le passage du don. Oui, celui qui naît a de quoi vivre. Cadeau renouvelé qui nous rend présent, disponible à Sa Présence.

Une naissance est le retour du même et du tout à fait autre. On s'y attendait, et cependant c'est inattendu, imprévisible, radicalement neuf. L'épisode strictement privé débouche non seulement sur l'intelligence de l'Incarnation mais rattache à toute l'humanité ainsi que le souligne Marguerite Yourcenar dans son évocation de Noël, l'une de ces « Fêtes de l'an qui tourne[1] » : il s'agit d'une fête de l'enfant attendu, des pauvres, des hommes de bonne volonté, de la race juive, des animaux, de la communauté humaine, de la joie teintée de pathétique, de la Terre, du Soleil. Il était nécessaire que l'écrivaine déploie dans son ampleur le tissu si vaste de Noël au lieu de le réduire aux gadgets, aux sapins, à la nourriture en excès.

1. *Le temps, ce grand sculpteur*, Gallimard, 1991.

Dans *Noël sous le regard des peintres*[2], nous regardons avec nos yeux, mais aussi avec ceux d'Éliane Gondinet-Wallstein, les représentations de la Nativité. Quels que soient le pays, l'époque ou la tradition de l'artiste, sa part relative de mysticisme, partout nous percevons l'émoi des spectateurs, frustes ou éveillés, devant l'Enfant. Nous quittons notre défroque, nous abandonnons nos vêtements usés, routines et scepticismes, nous devenons berger, mage, bœuf ou âne, pour nous incliner devant le miracle et laisser la Vie nous irriguer.

2. Mame, 1999.

Première partie

Noël aujourd'hui

J'aime l'Avent, ces semaines d'attente confiante. Une étoile brille dans les ténèbres et oriente notre espérance.

Les images anciennes remontent à la surface, échos privés et expériences communes liées aux traditions familiales ; l'intérêt aussi pour les récits et coutumes d'ailleurs. Peu importe notre origine ou notre appartenance, nous pressentons qu'il s'agit d'un temps essentiel.

Où retrouver souffle pour traverser nos obscurités et reconnaître l'aventure des hommes et des femmes de bonne volonté par tous les temps ?

J'ai eu envie d'aborder des situations proches de ce que chacun vit et de chercher, avec Paul Verlaine, si « l'espoir luit comme un brin de paille dans l'étable ».

Je t'aime, mais

Je mesurais l'étrangeté de l'amour, son dénuement.
Michèle Lesbre

– Je t'aime, murmurait Stéphane, sa bouche douce nichée dans le cou de Virginie.

– Oui, chuchotait-elle, dans l'enchantement du premier aveu.

Elle sentait sur la peau si tendre à cet endroit le piquant de sa barbe naissante ; elle en frissonnait.

– Je t'aime, mais je n'aime pas que toi.

Stéphane insistait. Il voyait qu'elle ne comprenait pas, alors il précisait :

– Pas toi seulement. J'aime aussi Rebecca et Françoise et…

Le choc ressenti au vif. Ainsi donc je n'étais pas l'unique. Et tout de suite l'afflux d'images. Est-ce que, dans le grenier, il avait, avec Rebecca, aussi ? Une vision insupportable.

– Tu comprends ?

Ce n'est pas *mon* grenier. Virginie avait dû l'apprendre. Ils avaient quinze ans alors, et toutes leurs dents, les seins naissant, des rêves pleins la tête, des démangeaisons dans le cœur et ailleurs.

Est-ce toujours le même malentendu entre les hommes et les femmes, qu'ils aient quinze, vingt ou quarante ans ? Des attentes qui ne coïncident pas vraiment. Des malentendus, des non-dits – déceptions et chagrins.

Comprendre. Apprendre. Virginie avait appris, oui.

– Ne t'attache pas, répétait Bernard, dix ans plus tard, je ne suis pas constant. Tu vas souffrir.

Virginie s'était lancé un défi : moi je le transformerai, moi je le rendrai stable, fidèle. Plus tard, elle sentirait la même détermination chez une amie épousant un alcoolique, convaincue qu'elle le détournerait de la boisson par la seule force de l'amour. La pauvre !

Les appels à la prudence, multipliés par les proches, n'avaient fait qu'exciter davantage Virginie. Brûler ! Elle voulait brûler. Avait-elle trop lu ? Était-elle allée trop souvent au cinéma ? Hors la passion, il lui semblait que rien ne valait la peine de vivre ? Peut-être cédait-elle à un tropisme féminin : *Je veux te sauver.*

Leur couple n'avait pas tenu trois ans. Et encore ! Passé la lune de miel, avait commencé la peine puis le fiel. Bernard ne masquait pas les signes et les traces d'autres femmes de passage dans sa vie. Virginie enregistrait, ressassait, devenait folle de jalousie rentrée.

Elle ne pouvait rien dire. Aussitôt il brandissait leur contrat tacite. N'avait-il pas été clair dès le départ ? Il n'avait aucune intention de changer son mode d'existence. Aucune exclusivité. Bien d'accord ? Oui si l'on veut, mais les mots n'avaient pas le même sens pour l'un et pour l'autre.

Bernard souffrait aussi à sa façon : l'impression d'étouffer ; de renier sa liberté. Il l'avait prévenue en toute honnêteté. Il refusait la culpabilité que lui imposait la misère de sa femme ; alors il contre-attaquait. Il lui adressait des reproches de plus en plus acérés. Ne voyait-elle pas qu'elle le réduisait, le vampirisait, le castrait ? Non, pour elle, c'était une question d'amour et d'intrépidité. Ils ne parlaient plus la même langue, s'ils l'avaient jamais parlée.

Comment n'avait-elle pas succombé aux blessures quotidiennes ? Et lorsqu'elle avait choisi de se séparer de lui, un premier lundi de décembre, malgré la petite fille qu'ils avaient appelée à la vie ; lorsqu'elle avait résolu de s'éloigner à son cœur défendant, de lui laisser le champ libre, elle avait connu des détresses sans nom, à hurler dans le noir. Tout au long de ce mois obscur et de ceux qui avaient suivi, les brefs répits du sommeil n'excluaient pas le réveil en larmes. *Je ne m'en sortirai jamais*.

Huit ans plus tard, Virginie avait osé recommencer l'aventure avec Abel, un homme plus âgé qu'elle, très pris lui aussi, non par de belles étrangères au chant de sirène, mais par un métier qui le mobilisait, ne lui laissant à elle que bien peu d'espace. Qui suis-je pour lui ? se demandait-elle divaguant à travers les salons de sa demeure, lors des soirées mondaines où il lui fallait parader : une potiche, un bibelot précieux, un faire-valoir ? Les deux fils qui leur étaient nés très vite n'avaient pas colmaté la brèche.

– M'aimes-tu ?

Une crise cardiaque avait emporté Abel à sa table de travail tandis qu'il l'appelait, signalant qu'il resterait plus tard au bureau. Victime de ce siècle d'intoxiqués. Elle était demeurée, vide, veuve.

Parfois, quand elle regarde Barbara si belle mais si maigre, elle subodore une douleur analogue, elle imagine le combat que mène sa fille contre un jaloux. Je l'avais avertie cependant que c'était une race à fuir. J'avais même évoqué ma propre jalousie d'autrefois à l'égard de Stéphane puis de Bernard. La situation s'est inversée ; cette fois c'est son enfant qui se sent en cage. Les fils semblent s'en tirer mieux dans leur vie amoureuse.

Barbara et moi, nous avions discuté comme deux femmes intelligentes. À la racine de la jalousie, la peur de perdre, le doute sur soi : suis-je aimable, digne d'être aimée ? Elle avait eu envie de lui citer la définition du Littré. « Jalousie : sentiment qui naît dans l'amour et qui est produit par la crainte que la personne aimée ne préfère quelque autre. » La connaissance ne tamise pas la souffrance.

Que dépose-t-on au pied de la crèche si ce n'est ses peurs et ses peines, ses vœux secrets ? Virginie est là en cette veille de Noël alors que les siens ne tarderont pas à surgir, joyeux et vifs ou marqués et tendus, ce sera selon.

Elle a préparé le sapin, la table ; tendu les lits de frais. L'habitude de se débrouiller sans solliciter d'aide ; l'ennui, c'est qu'elle n'a personne avec qui échanger, alors elle pense trop. La machine folle dans la tête. Elle met un oratorio de Noël, y trouve un dérivatif à l'engrenage morbide. Je voudrais être dispose pour les accueillir.

Un appel l'arrache à sa méditation : c'est Léa qui téléphone de l'autre bout du pays. Léa rencontrée il y a tant d'années lors d'un stage à l'étranger. Léa seule, elle aussi, après un bref noviciat au Carmel.

– Que faisais-tu ?

C'est bien son abord incisif, non pas indiscrétion mais intérêt réel ; une manière de se représenter l'autre au plus concret.

– Je fignolais les détails de la fête avant l'arrivée des enfants.

– Je m'en doute, oui, mais quoi ?

– Je disposais les santons tout en pensant que…

– Inutile de me faire un dessin, je vois le tableau et j'ai peur que tu tournes mal.

– J'avais le ravi en main, je désirais pour moi, pour nous, la même innocence. Aurons-nous la candeur d'accueillir l'Enfant qui pourrait renouveler nos cœurs ?

– Tu parles comme un livre de prières.

– Arrête !

Elles retrouvent leurs duels d'antan.

– Je viendrai une semaine chez toi fin janvier, ça te va ?

Elle a déjà coupé la communication. Toujours un peu impérative, Léa. Virginie admire le tempérament direct de son amie, tellement opposé à ses propres tergiversations. À force de vouloir ménager la chèvre et le chou, on n'avance plus.

Voici la première voiture qui s'arrête devant la maison. Les autres suivront. Virginie passe devant le miroir – je vieillis bien – et se retient d'ouvrir la porte avant qu'un petit-enfant ne se pende à la sonnette. La vie, oui, la vie plus forte que tout.

Qui hais-tu ?

Cette part d'ombre en moi et qui ne m'appartient pas, à qui dois-je la rendre ?

Vincensini

L'effervescence des fêtes proches, du retour des miens en avion ou en voiture, des sombres nouvelles à répétition (une bombe humaine en plein marché de Kaboul, une disparition de bateau dans l'océan, un scandale financier et j'en passe) provoque une tension intérieure que je maîtrise mal. Heureusement qu'il y a la soupape du sommeil, même chahuté. Là se perçoivent les cris du mal-être.

Au long de la journée s'attarde la contraction issue du dernier cauchemar : j'éprouve une douleur au centre de la poitrine et j'ai un nœud dans la gorge. Je ne peux m'empêcher d'explorer les sens possibles de ce rêve d'une extrême violence : le mal engendrant le mal, la haine répondant au crime. Je ne me savais pas capable d'une telle barbarie. On ne sait pas qui on est. Une image dont je ne peux m'affranchir. Un dos nu comme un mur chargé de graffitis : les griffes inscrites dans la chair vive. Ces scarifications noires procédaient-elles d'un rituel sacré ou ce dos avait-il été pris pour cible par une bande de voyous ? La femme était-elle victime d'une folie sauvage ? J'entendais les cris, vite bâillonnés, au cœur du déchaînement satanique. Peur, terreur, panique. La sienne, la mienne.

Je vais piocher dans *La traversée de l'en-bas*[1], l'essai de Maurice Bellet, et je comprends un peu mieux ces conduites compulsives qui vous laissent pantois, en dehors de tout libre arbitre, croirait-on.

Peu de personnes ont suscité ma haine. Du mépris parfois, de la colère, mais de la haine non. Je puis même dire qu'à l'égard de ceux qui m'ont fait du tort, je suis assez compréhensive. J'admets

1. Bayard, 2005.

qu'on puisse ne pas me supporter, qu'on me jalouse ou cherche à me nuire. Avec le temps, j'arrive à saisir la raison de leur conduite, à me détendre et à leur pardonner.

Par contre, j'observe que, dans la vie comme dans le rêve, mon agressivité se manifeste à l'égard de ceux qui font du mal à mes petits, moralement ou physiquement. Alors je sors mes griffes ; la violence qui couve en moi comme en chacun, emprunte la voie de l'insinuation venimeuse, de la critique meurtrière, de la condamnation sans appel. Je manifeste une aisance stupéfiante à rejeter, à rendre ridicule, à néantiser. Je m'en effraie.

Mais dans ce dernier rêve, c'était la manière forte. Non plus le serpent, mais le guépard ; non plus la sirène, mais l'ogresse. Le corps plutôt que la tête. Les mains et les pieds plutôt que le regard dévastateur. Le pardon aux ennemis ? Impossible.

Lorsque je raconte le rêve sauvage à ma fille aînée qui en était l'héroïne avec moi, je m'inquiète de l'accueil de ce récit. Son enthousiasme me surprend :

– Tu te battrais comme cela pour moi ? C'est magnifique !

Elle m'embrasse impétueusement.

– Je suis fière d'avoir une mère comme toi, une vraie lionne.

Mon compagnon, à qui je rapporte cette réaction, grimace, mi-figue mi-raisin :

– J'aurais aimé que ce soit pour moi que tu te mettes dans un pareil état.

Mon Dieu, cette peur en chacun de ne pas être aimé comme il le souhaiterait, de ne pas être le préféré. « Notre besoin de consolation est impossible à rassasier », écrivait Stig Dagerman en tête de son testament.

Deux, trois jours plus tard, alors que j'erre dans cette frange privilégiée de l'entre-veille et sommeil, il m'apparaît clairement que ce n'est pas ma fille aînée qui était la victime, mais une de mes sœurs, gravement blessée par une rupture amoureuse. Un visage en cachait un autre. Un rêve comme une poupée russe.

Ma rancœur emprunte des chemins détournés. Le cynique élégant a un nom que je ne veux plus prononcer. Celui que je terrorisais en rêve, c'est lui assurément, que je n'arrive pas à supporter en dépit de mon effort intérieur de pacification.

Que vais-je faire de tout cela ? Je ne veux pas alourdir la souffrance de la délaissée, lui rappeler ce brasier de fureur. Elle m'a déjà signifié clairement que je ne l'aidais pas en détestant son ex puisqu'il restait le père de ses enfants.

À qui parler ? Ils ne sont pas légion ceux qui écoutent et vous aident à trouver vous-même les réponses. Autrefois, une femme âgée m'accompagnait dans ce dédale intérieur mais elle est passée sur l'autre rive et, tout en me restant très présente, elle n'est plus là pour m'aider dans l'immédiat.

Je fais mentalement le tour des proches pas trop proches. Les personnes de la famille sont trop impliquées pour disposer d'un écart suffisant et m'offrir une attention sans ombre. Je dénombre les sages qui habitent non loin de chez moi et je m'étonne de mon hésitation entre quatre ou cinq ;

je suis donc si bien entourée ! On ne mesure pas sa chance.

La première à qui je téléphone est absente et je ne laisse pas de message sur le répondeur : qu'est-ce que je pourrais bien dire ou écrire ? La seconde ne fait pas défaut.

– D'accord ! Dînons ensemble ce soir. Non ! C'est la veillée de Noël. Tu peux attendre après-demain ou tu veux passer tout de suite ?

Je t'imagine dans ta maison envahie, ma question peut rester en suspens tout l'octave, rassure-toi. Je passerai te prendre dans trois jours. Joyeux Noël !

La seule perspective de me délester m'a calmée. Plus de dos martyrisé à l'horizon. Je vais vivre cette vigile, dans la promesse d'une rencontre qui m'apaisera. L'attente de la fête accroît le plaisir, aussi je me sens légère, légère. Pour un rien, je m'envolerais.

Pourquoi n'êtes-vous pas moi ?

Le souvenir d'une grâce passée peut être une nouvelle grâce.

Julien Green

Au chevet de la cathédrale, *Sarma* a fermé ses portes. Pour limiter dégradations et dérives, trafics de drogues et incendies criminels, la police en a condamné les accès. Vous pouvez jeter un pavé dans les doubles vitrages défendus par des barres de fer ou déverser votre rage en tags sanglants, sangloter de nostalgie et d'impuissance, rien n'y fera. Les petites surfaces s'effacent, gommées par les grandes, les géantes, les macros, les hypers.

En cette veille de Noël, alors que la ville s'enguirlande, la bâtisse m'apparaît plus misérable que jamais : un lieu en déshérence, tel un déchet humain ; je frissonne. Une vilaine pluie verglaçante commence à tomber et je m'abrite sous l'auvent de ce qui fut l'entrée de *Sarma*.

L'été, je passais deux semaines au village. J'aimais et je n'aimais pas. L'espace qui m'apparaissait infini, le jardin à tiroirs : un lopin pour les fleurs, un autre pour les fruits, le dernier réservé aux légumes. Un sentier bordé de groseilliers menait à la grille ouvrant sur les pâtures.

Mais je redoutais l'étage de la maison austère, séparé du rez-de-chaussée par une porte barrant l'escalier. Je devrais m'y endormir seule avant le coucher de mes grands-parents. J'enviais la liberté des adultes : eux pouvaient aller dormir quand cela leur chantait. Quand je serais grande, moi, je n'irais jamais me coucher.

C'est à *Sarma* que j'avais l'habitude de faire mes courses le mardi et le vendredi. Je connaissais la topographie des rayons, les vendeuses, la caissière, les clients fidèles. Un microcosme. Deux récréations dans ma semaine terne.

Avant de sortir de chez moi, je dressais une liste de première nécessité ; j'espérais résister aux tentations, fatales pour ma maigre bourse. Je ne me résignais pas à acheter lait, beurre, œufs, fromage blanc, légumes, fruits et fleurs ; ces produits frais qu'on trouvait jadis dans les potager et verger de mes grands-parents à moins que Bon-Papa vétérinaire n'en rapporte des fermes.

J'étais jalouse de Filou, le chien de Bon-Papa, un affreux bâtard braillard, ramassé dans un fossé. À l'aube, par la fenêtre de ma chambre, j'apercevais Bon-Papa installé sur le banc de la cour pavée, fumant sa pipe d'une main et caressant Filou de l'autre. J'aurais aimé être sous ses doigts.

Ce qui venait des jardins et des fermes était savoureux. Rien à voir avec ce que je voyais enfermé sous emballage plastifié ou dans les cartons encombrants, les sacs non dégradables, au hasard des rayons de ma petite surface. J'étais choquée par ce gaspillage.

N'empêche que je me sentais chez moi dans ce lieu à taille humaine ; j'étais connue. Les vendeuses m'adressaient un signe de reconnaissance que je recevais avec plaisir, même s'il arrivait que je remarque entre elles un clin d'œil de connivence – se moquaient-elles de moi ? Je ne veux pas le croire. D'ailleurs, je suis allée manifester à leurs côtés lorsque la direction a décidé de fermer *Sarma*. J'ai défilé fièrement dans les rues avec un calicot, j'ai scandé des slogans hostiles. Inutilement car la direction a fermé le magasin sans état d'âme.

Bon-Papa partait pour les visites. Parfois Filou l'accompagnait. S'il restait, Bonne-Maman et moi n'étions pas tendres avec lui.

– Allez ! File !

Je pressentais que Bonne-Maman, elle aussi, était jalouse du chien que Bon-Papa accueillerait le premier en descendant de voiture.

– File, je te dis.

Elle lui décochait un coup de pied sournois.

J'en ferais bien autant à l'égard de l'animal patibulaire qui me renifle. Un de ces affreux chiens, que leurs maîtres sont obligés de museler, qui pisse dans l'encoignure de l'entrée, grogne à mon approche. L'homme un peu fêlé qui le tient en laisse me rassure : « N'ayez pas peur, ma petite dame », mais je m'éloigne. Je ne viendrai plus traîner dans ces parages. À quoi bon ? Ce qui est fini est fini.

Où aller ? *Partir pour râler où ?* Je fuis la Grand-Place occupée par le marché de Noël, bruyant. Hier, lors de l'inauguration, ils ont distribué du vin chaud ; le gobelet brûlait les doigts mais fleurait bon la cannelle. Mémoire du parfum alors que Bon-Papa revenait fourbu des campagnes, la goutte au nez. Bonne-Maman glissait une rondelle de citron dans le liquide rouge auquel je n'avais pas droit. Son ton était péremptoire :

– Un enfant ne touche pas à l'alcool. Tu ne grandirais plus.

Bon-Papa était accablé par la mort de son fils aîné, mon père, et lui survivait tant bien que mal. Bonne-Maman était exsangue et répétait aux amies, à voix basse, mais je l'entendais :

– Ce n'est pas naturel, nous aurions dû partir les premiers.

Elle et lui souffraient différemment : un mur de silence s'élevait entre eux ; leur dignité leur interdisait de mendier près de l'autre le tendre réconfort dont ils auraient eu besoin.

J'agaçais Filou, je lui curais les oreilles. Jusqu'au jour où il m'a mordue, cruellement. J'en garde une cicatrice.

Les cloches de la cathédrale s'ébranlent ; je les entends dans mon corps et pas seulement dans les oreilles. Autrefois, elles marquaient les préparatifs de départ pour une messe de minuit solennelle : il était nécessaire de s'emmitoufler des pieds à la tête tant il faisait froid entre les pierres millénaires, mais nous n'aurions voulu la rater pour rien au monde. Dès sept ans, j'ai pu accompagner les grands. La musique, les lumières me tenaient les yeux ouverts sans qu'il soit nécessaire d'y glisser des bâtons d'allumettes comme l'avait suggéré Bon-Papa en souriant dans sa moustache. Cher Bon-Papa, poivre et sel.

Comment vivre quand personne ne pose plus jamais la main sur vos cheveux, votre visage, votre épaule ? On met ses poings en poche et on va errer par les rues aux magasins condamnés.

– Mademoiselle Lise ?

Me voici nez à nez avec Éliane, l'ancienne caissière de *Sarma*. Son nom était brodé sur sa blouse de travail. Elle était efficace. Toujours un mot aimable pour chacun.

– Éliane ?

Je tomberais bien dans ses bras. Elle me prend le coude et m'entraîne vers la brasserie en face de *Sarma*.

– Vous boirez bien un vin chaud ? Je vous l'offre. Vous vous souvenez cette fois où…

Tiédeur du lieu, douceur de la banquette, mais surtout ses yeux qui s'attachent aux miens et me font exister.

– La cathédrale est en réfection depuis la tornade qui a fait tomber le pilastre, mais on pourra tout de même y célébrer une messe de minuit. Vous viendriez avec moi ?

Pas un instant je n'hésite.

– Volontiers.

Au milieu du marché de Noël s'attardent Lise et Éliane. Les échoppes et l'immense sapin, au pied duquel s'épanouit une crèche vivante, ont un air de vraie fête.

– Vous avez vu la tête de Joseph ? On dirait le gérant de *Sarma*, celui qui signait les pétitions et protestait avec nous.

– Il me fait penser à mon grand-père.

On les prendrait pour des gamines, celles qui pouffent de rire en chuchotant dans l'oreille l'une de l'autre et vous font descendre du trottoir parce qu'elles ne voient personne d'autre qu'elles-mêmes.

Les joues rougies par le froid, quelque peu pompettes sous l'action du vin chaud, elles zigzaguent légèrement et reprennent en musant l'air diffusé par le haut-parleur, celui qu'on reprendra à la messe de minuit porté par les grandes orgues : *Il est né, le divin enfant.*

De tombeaux en berceaux

Ne liquidez pas trop vite vos blessures : elles peuvent, si vous en avez la grâce et le courage, donner naissance à des ailes.

Jean Sulivan

Je sors émue du cinéma où je suis allée voir *Le chien jaune de Mongolie*, de Byambasuren Davaa. Les paroles du père à sa petite fille bouleversée par la mort de son chien me hantent : « Tout le monde décède un jour, mais personne ne meurt. » La phrase m'accompagne. Elle forme contrepoids à la scène que je me remémore de manière presque hallucinée. Où que j'aille, je vis avec ces images. C'était lors des funérailles de mon amie Élisabeth.

Il pleut horriblement, une pluie drue qui rebondit ; elle ricoche sur la terre fraîchement ouverte, le bois du cercueil ; une pluie à s'enfuir, mais on reste là, on attend son tour, l'instant de jeter une fleur blanche sur elle ; on dit *elle*, on murmure son prénom *Élisabeth* ; on pense qu'elle s'entourait de lainages épais, se recroquevillait près du feu. Et la voilà, là sous cette pluie, sous la terre brute. On s'éloigne, on s'éloigne, on n'ose pas se retourner ; on la laisse seule, le cœur transi, on se dit Comme tu dois avoir froid ! Je ne veux pas qu'on m'enterre. Enterrer, en-serrer. Enfermer, enliser. Terre mère. *Non !* Elle a crié tout haut, quelqu'un s'est retourné. Ici la vie, son cri. Tenir la mort en lisière.

Dans le vestiaire improvisé d'une chambre, sur les deux lits d'enfants, les vêtements abandonnés sentent le chien mouillé. Le vin circule. *Du rouge, je préfère*. Les pains garnis sur les tables. On grignote, on dévore. On se tient entre vivants. Par inadvertance, la pensée reflue vers la terre remuée. On tente de renouer le fil des mots, on avance prudemment entre les phrases qui sonnent faux. La parole comme un leurre, on feint de s'animer. Des mots, du vent.

Son visage sourit au centre du pêle-mêle familial. Ta maison, Élisabeth. Tes traces partout.

La dernière musique que tu as écoutée, le journal mal remis dans ses plis. Ce châle vert d'eau sur le dossier du fauteuil, je te l'avais offert. Tu en aimais la couleur. Elle là-bas, seule.

On tarde à se séparer. Une rupture de plus. Tant que nous te gardons dans notre réseau de paroles, tu demeures. Ensuite, ne compte pas sur nous ! La pieuvre du quotidien va nous entraîner loin de toi. Une voix proche se détache du brouhaha.

– Tu disais ? Excuse-moi, j'étais ailleurs.

L'interlocuteur ne demande pas où. Il y est, lui aussi.

– Je te rappelais qu'elle disait souvent : « J'aime la chaleur », tu sais comment elle était.

– Elle est. Je ne supporte pas l'imparfait.

– Tu as raison. Elle dit souvent que…

Un tiers interrompt notre duel. Il prétend qu'il s'en va, mais il le répète depuis une heure. Il pleut trop violemment. On n'a pas assez de force pour affronter le déluge. Il devrait pleuvoir jusqu'à la fin des temps, nos larmes partiraient en rivière, la mer se soulèverait, une marée emporterait les vivants et les morts. Apollinaire, Michaux, au secours ! Elle aussi était pleine de textes, elle les tissait à sa vie, ne faisait pas de différence entre ses mots à elle et ceux des autres. Élisabeth, mon amie, notre amie, toi, tu.

Il faut bien finir par entrer dans le jeu. C'est hier qu'on l'a enterrée, non il y a un mois déjà. Elle ne sera pas là ce Noël. Comment les siens supporteront-ils le vide ? Et moi ? Je voudrais renaître. Ne pas renier quoi que ce soit, mais retrouver un élan, un émerveillement, une confiance. La prier elle qui se tient au pied de l'Enfant, mon intermédiaire, mon ange. Alors j'entendrais le message inouï de l'Espérance.

Sa mort, peut-être, me délivre d'un ressentiment. J'ai parfois l'impression d'avoir été châtrée alors qu'autrefois, j'étais une enfant sauvage, parfois intraitable. C'est bizarre, mais je suis toujours freinée, retenue ; je n'ose pas. Elle était libre. En vouloir à ceux qui m'ont élevée ? Ce serait trop facile. Non c'est maintenant qu'il faut me dégager. Demeurer poreuse au monde, sans nul doute, mais aller mon chemin sans peur.

– Tu m'as l'air prise dans tes pensées, observe un des fils d'Élisabeth que je heurte par inadvertance sur le trottoir noir de passants.

– Tu devines avec qui j'étais ?

– Viens donc voir Papa, il est resté dans la voiture. Tu sais qu'il déteste la foule. Il sera heureux de parler d'elle avec toi.

Je lui emboîte le pas. Tant pis pour les dernières emplettes. Nous nous passerons de foie gras, d'ailleurs tu ne l'aimais pas ; tu disais : *Ces bêtes que l'on gave*.

– Tu savais que ma femme attendait un petit pour Noël ?

– Non. Comme Élisabeth doit être heureuse.

À mots noyés

Dans les années terribles de la « Iéjovchtchina », j'ai passé dix-sept mois à faire la queue devant les prisons de Léningrad. Un jour, quelqu'un a cru m'y reconnaître. Alors, une femme aux lèvres bleuâtres qui était derrière moi et à qui mon nom ne disait rien, sortit de cette torpeur qui nous était coutumière et me demanda à l'oreille (là-bas, on ne parlait qu'en chuchotant) :
« Et cela, pourriez-vous le décrire ? »
Et je répondis :
« Oui, je le peux. »
Alors, une espèce de sourire glissa sur ce qui avait été jadis son visage.

Anna Akhmatova, *Requiem*

Nous vous attendons lundi 2 septembre vers 10 heures, précisait l'invitation. J'étais arrivée beaucoup trop tôt. Peur de me tromper de route dans le brouillard d'un précoce automne. Crainte puérile de ne pas distinguer les indications « Villa Yourcenar ». Une vigilance telle que j'avais près d'une heure d'avance. « Ta grand-mère arrivait toujours pour le train précédent ! » On ne se refait pas.

Que faire sinon marcher dans le parc vallonné ? J'avais remarqué en contrebas une silhouette d'homme maigre courant dans le verger. Un sportif à l'entraînement, un écrivain en résidence, un visiteur peut-être, puisque le domaine était public ?

Je décrivais des cercles de plus en plus serrés autour de la bergerie abritant les bureaux administratifs. La secrétaire avait souri de ma hâte. Elle m'avait précédée sur le chemin de la villa de Marguerite Yourcenar : tour du propriétaire avant de pousser la porte de ma chambre, surmontée du nom d'un personnage romanesque.

– Voici Zénon.

Elle avait ajouté :

– À gauche, Alexis est occupé par Hans, un romancier allemand. À droite, Hadrien par un poète russe ; d'ailleurs le voici… *Iouri, I introduce you Colette, a novelist from Belgium.*

Le résident sportif, couvert de transpiration, s'était incliné, avait porté ma main vers ses lèvres avant de disparaître, confus de sa tenue, dans la chambre d'Hadrien.

Est-ce le hasard qui nous menait dans les mêmes recoins du parc ? Tu lisais assis sur le tronc abattu, je prenais des notes, installée sur le banc du pré. Nous nous interdisions de parler avant le soir. Connivence muette. J'avais sorti de la bibliothèque deux volumes de tes poèmes traduits par les soins de Gallimard : une réalité âpre s'y déchiffrait en filigrane. Aucun de mes romans n'était encore accessible aux Russes ignorant le français. Tu ne savais rien de moi, je pouvais en être certaine.

Étrange sportif. Tu fumais beaucoup, mais jamais dans la villa. Sur la terrasse obscure, je voyais rougeoyer le bout de ta cigarette. Tu buvais, et pas seulement au dîner que nous partagions avec Hans ; la nuit, je t'entendais descendre à la cave pour faire provision de trois-monts, l'excellente bière locale. Dans la poubelle extérieure s'accumulaient bouteilles de vin et de whisky. Que tentais-tu de noyer ?

Au bout de trois semaines, tu disparus brutalement. Aline, notre hôtesse, nous annonça qu'un événement familial te rappelait d'urgence chez toi. Je la soupçonnais d'en être soulagée car je l'avais surprise à compter tes cadavres en haussant imperceptiblement les épaules. Tu reviendrais, assurait-elle : il te restait deux mois de résidence.

L'après-midi, fatiguée d'être assise à la table d'écriture, j'empruntais un des vélos mis à notre disposition et je sillonnais la région. Je descendais vers Sint-Jans Kappel, Bailleul ou la Belgique. Je poussais jusqu'à Kemmel où je buvais un verre au Labyrinthe après avoir fait le tour des collections de jouets anciens livrés aux curieux. Je repartais. Le roman prenait forme dans l'effort de mes muscles. Essoufflée, j'étais obligée de mettre pied à terre pour remonter vers la villa haut perchée. Je rentrais lentement dans la glorieuse lumière d'octobre. J'écrivais. Un vrai délire. Est-ce que je t'espérais ?

Le 17 octobre est la date anniversaire de la mort de mon père. Nous étions à la salle à manger, Hans et moi. Ta place restait vide depuis longtemps. Aline nous avait offert son repas « quatre étoiles » que nous allions poursuivre en écoutant de la musique. Nous nous levions de table lorsque tu as surgi dans l'encadrement de la porte, défait, étique, gris. Tu as pris une profonde respiration, tu as bredouillé : *My mother is dead.* Nous sommes retombés sur nos chaises. Tu as mangé au milieu d'un silence consterné. Tu as bu l'excellent vin avec un sombre emportement.

Tu nous as suivis vers les fauteuils de la bibliothèque, tu as choisi une cantate de Haendel, et tu as enfilé whisky sur whisky. Tu t'es débondé dans cet anglais approximatif, frotté d'accent russe, qui nous servait de passerelle. Tu as mêlé le naufrage familial au désastre du sous-marin enfoui avec son équipage. Je n'étais qu'une oreille, j'essayais de démêler les fils de l'enfance, de l'écriture, de l'actualité. Tu travaillais comme journaliste pour un quotidien de Moscou. Cette résidence aurait dû être une bulle d'air.

– *Do you understand ?*

Oui, Hans et moi, nous comprenions. Tu buvais.

Nous t'aurions presque mis au lit, mais tu ne supportais aucune aide, tu te raidissais, trébuchant, t'accrochant au chambranle de la porte, à la rampe, t'affalant sans doute sur le matelas. Une détresse farouche à cuver dans l'horreur du noir, du seul.

Tu es retourné à ton travail, tes courses matinales, tes drogues. Le temps avait viré de bord. Vents et pluies. Promenades rares dans le parc devenu hostile. L'écriture comme on se perd.

Le soir, le plus souvent, c'est avec Antonio, l'écrivain espagnol qui avait relayé Hans, que j'échangeais sur les pages de la journée. Alors que j'avouais un certain malaise à jouir de ces conditions privilégiées à l'écart de mes devoirs familiaux habituels, il s'était étonné.

– Moi, c'est quand je n'écris pas que je me sens coupable.

J'avais mesuré une fois de plus le fossé qui sépare le monde des femmes et le monde des hommes. Mais je les aimais mes hommes, ceux d'ici et ceux de chez moi, différents, complexes, étranges. Un autre continent.

L'écriture comme planche de salut. L'aridité des heures de doute radical : qu'est-ce que je fais ici ? Quel sens a la littérature dans ce monde à feu et à sang ? De cela aussi nous parlions. C'était ton sujet favori lorsque tu condescendais à t'attarder après le repas. Tu étais ici au lieu d'être à ton journal, parce que tu te voulais écrivain plutôt que reporter, et cependant tu ne croyais pas en tes dons poétiques.

Je lisais à voix haute des poèmes de ton dernier ensemble traduit en français ; il venait d'apparaître sur les rayonnages. Antonio approuvait. Tu te réveillais puis tu t'affaissais. Tu tenais de moins en moins bien la boisson.

Le 30 novembre, tu as repris l'avion après m'avoir étreinte brièvement sur le seuil avec une sorte de sanglot sec ; le seul contact physique depuis le baisemain du premier jour.

La semaine passée, un entrefilet du *Monde* m'a annoncé ta mort : une chute accidentelle. Vraiment ? Tu restais hanté par les marins prisonniers du *Kourks*. Tu voulais la fin de Poutine.

Cette veille de Noël, le facteur me remet une enveloppe brune recélant une petite enveloppe à mon nom tracé de ta main ; elle est adressée de Russie à la Villa Yourcenar qui me l'a fait suivre. À l'intérieur, je découvre quatre photos portant au revers de courts poèmes en caractères cyrilliques (il faudra demander à Hélène de me les traduire). Quatre photos d'alors : les toits des chambres, le tronc et le banc de la prairie, la villa en contre-plongée, la salle à manger. Quand les as-tu prises ? Je ne t'ai jamais vu un appareil photographique dans les mains.

Tu tenais donc à nous ? L'amitié comme un enfant espéré, inattendu. Le mystère des êtres, des relations qui les unissent souterrainement ne cessera de me fasciner. Je vais écrire à Hans et à Antonio pour leur parler de Iouri, cet inconnu que nous avons côtoyé ; je leur copierai un de ses poèmes, pourquoi pas ? Je guetterai la publication de ce que tu as écrit au long de ta résidence ; sans doute faudra-t-il attendre un certain temps pour avoir accès à la traduction.

Pourquoi au dos des photos-talismans, as-tu écrit dans ta langue que je ne comprends pas plutôt qu'en anglais ? Je pourrais peut-être me mettre à l'étude du russe.

En attendant, j'allume quatre bougies que j'installe près de la crèche. Iouri était-il orthodoxe ? Je cherche un chant profond et je le trouve sur un DVD d'André Gouze. La voix ample s'empare de l'espace. Qui nous sauve ?

Au bord de la vie des autres

Cesser d'être aimée, c'est devenir invisible. Tu ne t'aperçois plus que j'ai un corps.

Marguerite Yourcenar, *Feux*

D'un jardin proche montent des voix d'enfants, l'appel répétitif d'une fillette hélant ses compagnons de jeu : *Venez !* puis les rires, l'injonction d'un adulte qui fait taire un instant le chorus et celui-ci reprenant de plus belle. Une colère, des sanglots vite étouffés, *Mais si tu es encore mon amie !* une ritournelle sans ride, *Pomme de reinette et pomme d'api*, des *Chut !* impératifs, un cri strident, des pleurs et l'immédiat *Ce n'est rien !*

Moi aussi, autrefois, dans les prés, les sentiers du village, sous le préau. Gerbes couchées et si peu à glaner. Que donnerait-elle pour retrouver cette ferveur insouciante ? Enfin ! Il ne faut pas rêver. L'enfance aussi connaissait la détresse. Les larmes désolées sous le saule. La fin d'un monde. La jouissance du temps sans montre se heurtait à la véhémence des *Vite, dépêchez-vous, on va être en retard !*

Mona, à sa fenêtre tandis que l'été vrombit, guêpes et mouches, tondeuses à gazon. Sa maison est devenue trop vaste depuis le départ d'Henri ; l'appartement qu'elle y a fait aménager à l'étage est loué à un jeune couple, mais ils sont en vacances. La solitude lui pèse plus que d'habitude. J'ai trop de temps à moi. Toxique.

Un rêve l'obsède, ni bon ni mauvais, dérangeant. Elle se promenait en compagnie d'une ancienne voisine et d'un gamin d'environ six ans ; elles bavardaient dans le parc lorsqu'elle remarquait que l'enfant ne les suivait plus ; elle retournait sur ses pas, le retrouvait immergé et ravi dans un trou de boue ; elle l'invitait à en sortir et rejoignait sa compagne pour reprendre la balade, mais l'enfant n'obéissait pas. Elle retournait au bord du trou et le voyait encore étendu sur le dos, recouvert de boue sauf les yeux, le nez et la bouche, toujours aussi souriant, enchanté, euphorique. Cette fois, elle l'en tirait sans discussion, résolue à le plonger dans une baignoire. Curieusement, elle se sentait tout à la fois lui et elle-même ; elle partageait son plaisir alors qu'elle devait l'en arracher.

Elle s'était réveillée à demi puis avait poursuivi le même rêve, que signifiait-il ? Jadis elle s'obstinait à interpréter ses rêves. Comme une clef qui aurait ouvert un domaine, quel domaine ? Elle n'en voit plus guère à l'horizon, elle a renoncé à cela comme à tant de choses depuis la retraite professionnelle. Le choc a été rude. Elle n'a pas réussi à négocier le passage d'une activité débordante au désert social qui accompagne la mise au rancart. Je ne suis plus rien puisque je ne fais plus rien, je ne compte plus pour des clients, des collègues.

Je m'abîme. Toujours mal quelque part. Bobo par ci, bobo par là. *J'en ai plein le dos.* Migraines et arthrose voyageuse, aigreurs d'estomac, extra-systoles, rages de dents, névralgies soudaines. Les visites aux médecins, les couloirs des consultations peuplés d'ombres grises et de vraies souffrances. Les médicaments du coucher à ne pas confondre avec ceux du lever. Enfant, Mona haïssait la tablette de cheminée de ses grands-parents hérissée de boîtes de pharmacie. *Moi jamais !* Et voilà ! Bienvenu au club des *Tamalou*.

Devant Mona, au moins dix ans, vingt peut-être à vivre. Le temps t'est compté ; l'évidence la foudroie. Je ne vais pas le gaspiller ! Au sommet des arbres du jardin public proche, on pressent l'automne : les feuilles roussissent, se racornissent ; un ginkgo biloba fera bientôt rêver de richesses inusables. Enfant, elle aimait conserver ce trésor dans son herbier.

Une énergie la traverse, la bouscule. *Je vais aller à la mer.* Une idée saugrenue mais réalisable. Il suffit de prendre le train en recourant à ces billets très bon marché qui favorisent une « journée à la mer ».

Elle se reconnaît à peine tant elle a été rapide pour choisir un vêtement, préparer un sac à dos. Plus de tergiversations face aux prévisions météorologiques (vais-je mettre une robe ou un pantalon ? des sandalettes ou des chaussures de pluie ?). Et la voici dans la rue, aux guichets, dans le train ; une seule correspondance et déjà les brise-lames, le vent du large.

Elle déjeunera de crevettes fraîches et de pain gris achetés au marché grouillant le long du quai ; elle marchera sur le sable mouillé, résistant sous la plante des pieds nus, elle se saoulera d'air vif, de soleil sur la peau. D'un banc de la digue, elle assiste au coucher du soleil. Bon sang ! Comment ai-je pu m'en priver aussi longtemps ? La semaine prochaine, elle entraînera sur cette piste un enfant du quartier qui n'a jamais vu la mer. Il y en a plus qu'on ne croit.

Mona dans le train du soir. Les paysages défilent à la fenêtre. Ses compagnons de compartiment somnolent. Elle n'ouvre pas le livre emporté dans la poche du sac à dos placé au-dessus d'elle, elle dresse l'inventaire d'une journée buissonnière : algues et coquillages, goût de sel, grains de sable, lumière violente et vagues affalées. Elle n'a plus mal nulle part, rien qu'une bienheureuse fatigue musculaire. Elle sourit pour personne. L'hiver peut venir.

Décembre est là, le mois qu'elle redoute entre tous. Elle est devenue allergique au plaisir sur commande, aux offres des boutiques, aux boîtes qui ne parlent que de cadeaux et de gastronomie. Noël autrefois, c'était autre chose. Bon ! Tu ne vas pas remonter le fil du temps et regretter le temps passé que tu idéalises. Le sacré y perd, à coup sûr, mais pas le souci de l'autre, regarde les Restos du cœur, la générosité des associations de bénévoles qu'ignoraient les nantis satisfaits de ton époque.

Dans le sillage de son escapade marine, elle sent s'éveiller le désir d'inventer une autre manière de vivre Noël. Ira-t-elle dans une abbaye ? Invitera-t-elle au lieu d'attendre d'être conviée ? La dernière semaine de l'Avent déjà ! Elle n'a encore rien choisi ni décidé. Un pressentiment peut-être ? Jana, la jeune voisine est entrée à la maternité samedi dernier ; c'est Mona qui l'a accompagnée car la jeune femme n'a aucune famille au pays et son mari, en déplacement sur un autre continent, ne reviendra pas de sitôt. Trouvera-t-il une place d'avion en cette période surchargée ?

Faute de place, l'hôpital ne garde les accouchées que trois jours. Jana est rentrée avec son petit ; elle sourit mais Mona la sent désemparée pour aborder le changement radical, les pleurs inexpliqués du bébé, la fatigue.

Ce n'est pas que je sois une spécialiste, moi qui n'ai pas eu d'enfant, mais j'ai vu suffisamment naître, croître et grandir autour de moi pour être efficace.

Voilà ! Mona ne cherchera pas plus loin que le bout de son nez ou de son quartier. C'est chez Jana que nous vivrons Noël. Je me chargerai de tout. Minuit nous trouvera penchées sur le nouveau-né et qui sait ? le père trouvera peut-être une place d'avion miraculeuse.

On se réveille un matin et on se trouve changé sous le ciel neuf. On ignorera toujours ce qui s'est passé, mais on emboîte le pas de la vie renouvelée.

Deuxième partie

Noël de toujours

S'il s'agissait seulement d'une dramatique pour la télévision, d'une fiction pathétique, d'un tableau naïf! S'il n'était question que d'une tradition à respecter avec un mélange de tendresse – Noël d'autrefois! – et d'agacement – déjà! Encore! Peut-on raviver l'attention essentielle à l'égard d'un rituel dont s'émousse le sens?

On découvrirait des personnages comme des santons: l'étudiant en détresse sur l'escalier de la gare, le mendiant sous le porche, la gitane; ou encore Anna et Angel tels Tristan et Iseult, Roméo et Juliette.

Tout recommence et se poursuit. Derrière eux l'horreur de la violence, de l'éloignement forcé, du transit. *Le massacre des Innocents* a lieu à chaque instant. Devant eux l'inconnu, la difficile adaptation et l'improbable réinsertion : *La fuite en Égypte* prendra-t-elle jamais fin ?

J'ai tenté de relire le texte sacré, de proposer un jeu scénique. Sans renoncer au mystère lumineux du poème.

Ici maintenant une halte bienheureuse, la trêve de Noël. Paix aux hommes et aux femmes de bonne volonté !

Hommes et femmes de bonne volonté

Un rabbin réputé pour sa sainteté recevait chaque jour des demandes de prière ; il promettait et promettait encore. Ses disciples l'interrogèrent : « Rabbi, les journées sont courtes, comment fais-tu pour tenir tes promesses ?
– Quand on me demande des prières, j'ouvre grand mon cœur et les noms de ceux qui me sollicitent s'inscrivent en lui, ensuite, quand je me présente devant Dieu, je lui dis de sonder mon cœur et lui y lit tous ces noms et exauce toutes les prières. »

Tradition hassidique

C'est moi-même que tu accueilles

Noël pourrait être la fraîcheur de naître… sur la fatigue d'être.

Francine Carrillo

La gare est balayée par un vent glacé ; la verrière trouée par endroits laisse passer la pluie ; les voyageurs s'écartent des flaques, rasent les murs, se réfugient dans les encoignures en protégeant tant bien que mal leurs bagages. Il ne fait pas bon être dehors ce soir de Noël. On se prend à rêver de maison douillette, de boisson brûlante. Justement ! J'irais bien commander un café au jeune vendeur ambulant qui doit grelotter lui aussi.

– Un grand crème ! Non, deux. Et un jambon beurre.

– À emporter ?

Le jeune homme tend le tout avec un sourire aux lèvres gercées.

– Joyeux Noël !

Il le dit vraiment, semble-t-il. Pas comme un distributeur automatique.

Sac à dos, les mains encombrées par les deux gobelets et le pain coincé entre coude et mallette, je me dirige vers l'angle de l'entrée principale : j'y ai remarqué une gitane recroquevillée, peu vêtue pour la saison ; je lui tends pain et café. Elle me regarde d'abord sans comprendre puis saisit le sachet et se penche pour boire avidement.

– Attention, c'est brûlant.

Me voici accroupie près d'elle, lapant prudemment mon nectar sombre. Si l'un de mes étudiants me surprenait, il se demanderait ce que je fabrique dans cette posture ! La femme est tout entière dans la jouissance du liquide chaud glissant dans sa gorge.

Venu de nulle part, un gamin surgit ; elle lui donne aussitôt le pain. Je m'efface, je vais jeter le gobelet dans la poubelle. Bref coup d'œil en arrière vers le couple mère-enfant déjà rejoint par un homme en veste de cuir noir qui les entraîne dans la bourrasque.

Une place s'est libérée dans la salle d'attente malodorante en cette fin de journée, mais il y fait tiède ; je m'y assieds en guettant le numéro du quai sur l'écran lumineux : encore vingt minutes, s'il n'y a pas de retard.

Quand vous serez réunis en mon nom je serai au milieu de vous. Es-Tu là parmi nous voyageurs transis, impatients de regagner nos abris ? Un très vieux clochard étendu sur un banc, tête posée sur son sac-poubelle, encense et ronfle très haut. Un jeune à peine mieux loti dort assis, la tête entre les genoux. Dès 20 h 45, les hommes d'entretien viendront nettoyer la salle d'attente avant la fermeture programmée à 21 heures ! La semaine dernière j'ai signalé l'anomalie à l'accueil : l'employé a levé les bras au ciel.

– Il faut bien qu'ils remettent les lieux en état !

– Alors annoncez la fermeture à 20 h 45.

– Je vais le signaler au responsable.

Il n'en fera rien et tous seront privés du dernier quart d'heure de chaleur auquel ils ont droit. Si c'était sa fille qui tremblait de froid sur le quai, s'en soucierait-il ? Les cheminots confient-ils parfois leurs enfants au train ?

Une famille nombreuse envahit l'espace et je cède ma place à la maman qui prend deux enfants sur les genoux ; son mari demeure debout près de la poussette où dort le plus petit. Je vais aller vers mon quai où – il est permis d'espérer – le train sera en formation. Soudain l'écran signale : « Train supprimé. » Allons bon ! Une fois de plus !

Les relations entre villes de part et d'autre de la frontière sont mauvaises. Les trains venant de Liège arrivant toujours plus tard que prévu, il me faut partir une heure plus tôt si je veux être certaine d'avoir la correspondance Lille-Paris. Pour un incident (une vache sur la voie, une caténaire défectueuse, un contrôleur ou un mécanicien absent) ou un accident (un suicide ou des enfants jouant sur la voie, *Mais oui, Madame, cela arrive souvent !*), le train qui a accumulé du retard est supprimé purement et simplement.

La colère gronde parmi les usagers, mais elle se heurte à la division des pouvoirs (ce n'est jamais nous, mais Infrabel ou Bruxelles, ou...), à l'usure, à l'inconscience des responsables qui ne prennent sans doute que les trains à grande vitesse ou disposent d'un chauffeur pour se déplacer. Nous sommes la piétaille.

Si le train de 21 heures ne roule pas, peut-on, une veille de fête, espérer le tout dernier, celui de 22 heures ? Rien de moins sûr. Il y a quelque chose de pourri au royaume ferroviaire. Mon enquête reçoit des réponses évasives de l'accueil. Comment se débrouilleront les deux gamines que leur oncle devait accueillir en gare de Tournai à l'heure prévue ? J'insiste.

– Et si c'était vos filles ?

L'employé s'esquive derrière le rideau qu'il fait tomber définitivement. « Fermé. »

Donc, ce soir de Noël, il va falloir inventer une solution d'urgence. Un taxi coûtera très cher. Appeler un proche, mais qui déranger à cette heure ? Voici que parmi les compagnons d'infortune se manifeste un ancien cheminot, particulièrement mécontent ; il prend les choses en main, appelle un responsable, parlemente avec véhémence ; enfin il se tourne vers nous, triomphant.

– Dans une demi-heure, un car peut venir nous prendre, mais il faut trouver un chauffeur.

Nous voilà une douzaine dansant d'un pied sur l'autre pour nous réchauffer. Les gamines sont transies ; le cheminot décidément efficace sort de son bagage un lainage en réserve et le noue autour d'elles, serrées l'une contre l'autre. Par téléphone, il suit la progression des opérations ; bientôt nous pourrons nous poster devant la gare et guetter les phares dans l'obscurité.

– On dirait que…

– C'est lui.

L'habitacle a eu le temps de se réchauffer et nous nous ébrouons, soulagés, sur les sièges confortables. Pour peu, nous applaudirions le conducteur.

Par la vitre du car qui nous emporte, j'aperçois la gitane accroupie dans l'angle extérieur du bâtiment ; ce n'est pas un café qui la réchauffera. Des vers de Paul Claudel me remontent en mémoire.

Prends donc ce regard, ô pauvre, prends ma main, mais ne t'y fie pas.

Bientôt je serai avec ceux de mon espèce et ne penserai guère à toi.

Il n'y a pas d'ami sûr pour un pauvre, s'il ne trouve un plus pauvre que lui.

Marcher à l'étoile

L'homme marche dans la ville en émoi commercial. Personne ne le voit : il est transparent. La misère ne mérite pas le retard d'un regard. On pourrait croire que ses traits marqués, la tenue disparate retiendraient l'attention ; l'odeur de la pauvreté n'a rien de virtuel.

Col relevé, l'homme enfonce les poings dans les poches. Il glisse entre les paquets rutilants tenus à bout de bras par des humains sans visage.

Rien que des robots téléguidés par les promotions « démentes », les annonces publicitaires tonitruantes ou insidieuses, déversées sur le piétonnier.

Le marché de Noël est rouge et or : chaque échoppe racole le chaland sous de vagues cantiques de saison. L'homme guette en vain le chant sacré de son enfance. Plus que la faim qui taraude les entrailles, une détresse sans nom serre le cœur ; où rencontrer un être humain, où croiser des yeux aimants qui le reconnaissent ? Je suis, je reste une personne, non ? Dans l'haleine chaude d'une bouche de métro, l'alcool soutient un moment. J'aurais un chien, rien qu'un chien à caresser.

Il marche. C'est la seule manière de survivre. La foule croît sans cesse : il est de plus en plus difficile de se faufiler entre amoureux et familles nombreuses, jeunes en bandes bruyantes. L'homme sent planer sur lui le soupçon des vigiles plantés devant les boutiques opulentes, les cavernes d'Ali Baba. *Circulez !* Leur injonction n'a rien de tendre.

La traversée de la galerie marchande a tenu de la course à obstacles. Il débouche dans la rue principale et se dirige presque machinalement vers l'église Saint-Maurice : il connaît ce porche pour y avoir tendu son gobelet, mais il n'y est jamais entré. Pourquoi, en cette veille de Noël, cède-t-il à la pression d'une main invisible ?

À la lumière des bougies dont la danse anime la pierre, il distingue la crèche ; un père, une mère penchés vers la paille. *Joseph, Marie,* les noms remontent de loin, d'une mémoire enfouie. Il a fait table rase du passé depuis longtemps. À quoi bon réveiller les images puisqu'elles ne feront qu'accroître la détresse ?

Sans déranger aucune priant, il s'agenouille. L'Enfant tend les bras. Il se croit enveloppé d'une musique de paradis. Mirage. La faim parfois vous donne de ces vertiges. L'homme ne s'étonne pas lorsqu'une voix lui murmure à l'oreille :

– Venez prendre un repas au presbytère.

Dans ses yeux embués, comme dans ceux de l'inconnu dont les doigts sont posés sur son épaule, l'étoile de Noël palpite. Il la suit tel un enfant.

– Tu es chez toi, entre, lui dit dans un sourire l'étudiante en lainage rouge qui l'accueille sur le seuil.

Y aurait-il encore des anges dans nos villes ? Des hommes, des femmes de bonne volonté.

Ferment

L'amour qui me manque est celui que je ne donne pas.
Henri Bauchau

Dans l'obscurité qui monte comme une eau noire où se noyer, la place balance ses lampions. Sur une marche de l'escalier de la gare, une silhouette renfrognée et son aura de solitude ne retiennent personne.

Retrousse tes idées. Un projet solidaire qui avait laissé les étudiants colocataires indifférents, mais l'avait passionné lui, Éric. Il avait tenté sa chance en proposant une action d'entraide sur le site universitaire – pourquoi chercher très loin ailleurs le dénuement qui se cache à côté de chez vous ? Son idée simple et conviviale n'avait pas été retenue par les responsables soucieux de panache.

Est-ce là que s'est amorcée la dégringolade ? Dans ce refus essuyé peu avant l'échec aux examens ? Il faut compter avec l'éloignement de Juliet. Pas un désaveu (quel aveu s'étaient-ils jamais fait, eux les frileux, toujours sur la défensive, redoutant d'être pigeonnés ?), rien que le démaillage des liens. Pauvres liens, tissés à coups de GSM intempestifs, de sorties aléatoires, de SMS.

Redoubler. Sentir la gêne financière de ses parents. Ils ne disent rien, mais je devine sous leurs sourires le « sacrifice ». Honte d'avoir honte. Après tout, je n'ai pas demandé à naître.

– Toi, tu ferais bien d'appeler SOS amitié, lui avait lancé Juliet, la dernière fois qu'il l'avait croisée, furetant dans les casiers des Fleurs du Mal, la librairie de seconde main où ils faisaient provision de livres accessibles à leurs bourses d'étudiants.

Est-ce que la déprime se trahit tant que ça ? La mort de Monique Martin alias Gabrielle Vincent l'avait achevé ; la mère d'*Ernest et Célestine* n'avait pas le droit de s'en aller. Même si Éric n'avait jamais vu son visage, il connaissait tout de sa main ; la tendresse pataude de l'ours avait plus d'une fois mis du baume sur ses écorchures à l'âme.

De rares voyageurs descendent du train, paquets « noëllisés » à bout de bras, se pressent dans l'escalier en relevant leur col, renouant leur écharpe. Éric se tasse davantage sur la marche.

J'aurais dû accepter d'étudier à la maison pendant le congé, mais j'ai eu peur. La vigilance inquiète de sa mère, les soupirs réprimés de son père, les appels des neveux en vacances, les visiteurs et leur curiosité sous l'intérêt feint. *Juliet n'est pas avec toi ?*

– Tu es certain que tu préfères ne pas rentrer chez nous ?

– Je travaille mieux à Louvain-la-Neuve. D'ailleurs j'y serai seul : les autres retournent en famille.

Sa mère s'était écrasée, comme souvent. Il ne supporte pas son visage de peine et son reproche. Si elle avait fait un éclat, peut-être aurait-il cédé au désir enfoui sous l'anxiété.

Éric a salué l'exode des copains avec soulagement. Il est devenu intolérant au bruit de la vie des autres. Comme j'ai changé ! Où je vais, là ? Ne plus se reconnaître aiguise son angoisse.

Enfin me voilà debout
Je suis passé par là
Quelqu'un passe aussi par là maintenant
sans savoir où il va.

Fragments de Reverdy au for de la mémoire, la voix du professeur de français dans le silence de la classe. *Debout*, oui, mais moi je reste assis. Figé. Paralysé.

Horreur de ces musiques sucrées, distillées par les haut-parleurs. Je ne supporte vraiment plus rien.

– Tu es le râleur de service ou quoi ? avait observé Soumana, le soleil camerounais de l'appartement, sac à dos coincé dans la porte au moment de partir passer Noël dans une communauté religieuse voisine. Même Soumana !

Encore un train. Une femme dans l'escalier, un petit à la main ; à l'autre un sac débordant : un objet non identifié en tombe. Éric s'est levé pour le suivre de marche en marche et le rendre à sa propriétaire.

– Je vous reconnais ! s'exclame-t-elle.

Déjà l'enfant lui a sauté au cou.

– Tu viens me garder ce soir ? Tu me raconteras la crèche ? Tu…

– Attends, Emmanuel ! Laisse donc Éric !

Et s'adressant à lui.

– Vous nous raccompagnez ?

Éric a chargé l'enfant sur ses épaules. Les mains potelées dans leurs moufles lui font un collier vert. Dieu que c'est bon !

– Vous n'êtes pas rentré chez vos parents pour Noël ?

– Je veux étudier dans le calme, je redouble.

Elle n'insiste pas : la voix blanche est suffisamment éloquente. Ils se sont engagés dans la Verte Voie. Les crincrins s'estompent. Chaque fois qu'Éric venait veiller sur Emmanuel, il était surpris de découvrir une sorte de village à proximité de la ville de béton. Les voici devant le Petit Béguinage de la Lauzelle.

– Entrez un instant.

Emmanuel s'est endormi. Éric le fait glisser et le garde au creux de ses bras. Lumières de l'arbre près de la crèche, bougies rouges, table dressée avec soin. Il ferme les yeux un instant. La porte du bureau s'ouvre.

– Mais c'est Éric ! Soyez le bienvenu.

Devant lui, le grand Jos rieur. Il l'étreint avec naturel.

– Il m'a aidée à la gare, dit Mary, effondrée dans un fauteuil. Heureusement qu'il était là. Les magasins, la veille de Noël, c'est de la folie ; je n'en peux plus.

– Vous restez avec nous, assure Jos en ajoutant un couvert.

Emmanuel réveillé a répondu *oui* avant Éric. Qui pourrait décevoir un enfant ?

Un train très loin

Le train cahote à travers les campagnes obscures. Au milieu des compagnons de route hirsutes et débraillés que le sommeil écrase, Anna tente de poursuivre la lecture d'un album abandonné sur la route par les réfugiés harcelés ; un vestige du désastre ramassé en hâte pour emporter quelque chose du pays. Les illustrations relaient parfois les mots compliqués, les expressions trop subtiles pour elle.

> *Le prince était plongé dans un somptueux ennui : ni l'audace des acrobates les plus intrépides, ni l'adresse des jongleurs de passage, ni les facéties de ses bouffons, ni les charmes de ses danseuses n'arrivaient à le dérider ne fût-ce qu'un instant.*
> *D'un regard chargé de mélancolie il suivait, à des années-lumière, les évolutions de ces hommes et de ces femmes dévolus à son bon plaisir. Qui eût pu faire naître un sourire sur ces lèvres pincées, au fond de ces yeux gris de désespoir, aurait gagné une fortune. Mais rien ne régnait qu'un ennui souverain.*

La faim lui tord le ventre, la soif dessèche sa bouche. Pas seulement la faim et la soif. Elle ne sait pas où elle va, elle ne sait plus d'où elle vient. Qui l'accueillera à la gare terminus ? Avec sa mère, elle s'est échappée dans la nuit de décembre, laissant au pays son père et ses deux frères pourchassés par l'occupant.

Sa mère est prostrée, absente à elle-même. Quels sont les cauchemars qui la hantent? Les ruines fumantes de leur maison? Le vieillard poussant son chien malade dans une brouette? La femme enceinte entraînant ses jumeaux à peine capables de tenir sur leurs jambes maigrichonnes? Pour l'instant elle a sombré dans une hébétude noire. Anna n'ose interroger cette étrangère, tellement éloignée de la femme alerte qu'elle était avant la guerre. Peur. Qu'allons-nous devenir? Irai-je encore à l'école?

La chaleur et l'odeur que dégagent tous ces corps serrés dans le wagon exigu la distraient souvent, mais elle revient obstinément à la page ouverte telle une planche de salut: *Le prince était plongé dans un somptueux ennui*. Un autre univers dans lequel s'évader. Un château, l'ennui, un prince. Un os à ronger. Au bout du livre, elle se lèvera, elle secouera l'angoisse qui la fige.

Alors le prince fit un signe impérieux, se leva et se mit en route pour suivre cette étoile plus brillante que les autres.

Elle referme l'album, enjambe les naufragés de l'exode, tente de gagner le couloir : d'autres corps y sont étendus ; elle ne reconnaît personne, mais elle repère un garçon plus âgé qu'elle – l'âge de son deuxième frère, seize ans ? Il lit, lui aussi. Il est plongé dans le livre, épais comme la Bible de son père, dirait-on. Elle trouve au lecteur un air de famille avec l'ange d'un vitrail de l'église de son village représentant l'Annonciation. Elle aimerait attirer son attention, mais comment s'y prendre sans déranger les dormeurs qui les séparent ?

Les nuages se sont dispersés, dégageant la lune presque pleine et les constellations vigilantes ; l'adolescent a levé les yeux, ébauché un sourire ; à l'instant où il allait retourner à sa page, la fille l'a hélé à bouche close. « Je t'en prie, regarde-moi ! Je t'en prie ! » C'est un truc qui marche presque toujours tant elle y met de concentration et d'intensité.

Il a orienté vers elle son visage aigu aux yeux étirés vers les tempes. Elle a reçu le choc différé de sa question muette : « Que fais-tu là ? Qui es-tu ? » Elle a désigné son livre en signe de reconnaissance.

Un temps suspendu. Eux deux, jeunes veilleurs rescapés des ténèbres au milieu des éboulis. D'un même mouvement, ils se sont échangé les ouvrages à bras tendus par-dessus les passagers du sommeil.

Elle s'accroupit entre les corps du couloir et ouvre le gros livre : c'est bien une Bible ; le signet qui marquait l'avancée du lecteur est immobilisé au récit de la naissance de Jésus selon saint Luc, elle parcourt vite, puis plus lentement. Sur le papier usé, le doigt accompagne doucement la caresse des yeux :

> *Or, en ce temps-là, parut un édit de l'empereur Auguste ordonnant le recensement de tout l'univers. […] Joseph aussi monta de Galilée […] à la ville de David qui s'appelle Bethléem […] avec Marie, son épouse, qui se trouvait enceinte. Or, pendant qu'ils étaient là, le temps où elle devait enfanter étant venu, elle mit au monde son fils premier-né, l'emmaillota et le coucha dans une crèche, parce qu'il n'y avait pas de place pour eux dans l'hôtellerie.*

À l'école, à la maison et surtout à l'église au temps de Noël, elle a souvent lu et entendu ces phrases, mais jamais ce récit ne lui a parlé ainsi. Comme si elle déchiffrait sa criante nudité. Elle voit l'homme, la femme au ventre lourd ; elle entend leur silencieuse détresse tandis qu'ils cherchent où abriter l'accouchement imminent. Des larmes roulent sur les joues salies.

Lorsqu'elle se redresse, elle constate que le garçon ne l'a pas quittée des yeux. Maintenant il griffonne quelque chose sur un papier ; il le lui passe, pincé dans le livre qu'il lui rend ; le crayon a inscrit en jambages ardents : « Comme eux, nous espérons. » Il n'a rien noté à propos de son prince de l'ennui ; n'y aurait-il pas prêté attention ?

Elle repasse la Bible avec, dans le sillage de sa phrase à lui, une question à elle : « Aimes-tu mon prince capricieux ? » Au lieu de répondre il se remet à lire là où le signet est arrêté. Un dormeur crie dans son rêve ; ses voisins grognent et se retournent. Il lit et annote.

De la pointe de son crayon, là où il est question des bergers, le garçon a souligné : *Un ange du Seigneur se présenta à eux, tandis que la gloire du*

Seigneur les enveloppait de sa clarté, ce qui leur causa une grande frayeur. Elle découvre le verset en reprenant possession de la Bible. Cette fois le mot de passe est accompagné d'un gâteau sec et rond qui sent le fond de poche mais qu'elle dévore sans vergogne.

Le jeu lui plaît de mieux en mieux, mais lui n'a pas l'air de jouer. Parce qu'il ressemble à son frère préféré, elle s'applique, se concentre. *Une grande frayeur*. Moi aussi j'ai peur, tout le monde a peur ici, sauf ce garçon dirait-on. D'où sort-il ?

Un remuement derrière elle. Elle se retourne et découvre sa mère hagarde, en larmes. *Je te cherchais partout !* Anna rentre dans le compartiment et lui frôle doucement les cheveux comme on apaiserait un petit. Là, là ! Qui est la mère ? Qui est la fille ? Tout a basculé dans le tohu-bohu de l'exil.

Le train a ralenti ; par la fenêtre, Anna entraperçoit une ville au loin, des lumières, un clocher enluminé : Bon Dieu, mais demain c'est Noël ! Dans le chaos de l'exode, qui penserait à autre chose qu'à survivre ? Est-ce que le garçon s'en souvient? À moins que ce ne soit cela justement qu'il voulait me faire comprendre.

L'arrêt du train arrache les voyageurs à leur torpeur. Où sont-ils? Une halte ou le terminus? Tous s'étirent, se tâtent, se comptent. La parole leur revient soudain. Brouhaha. Confusion. Cris. Appels anxieux. Visages aux fenêtres de ce train étrange, fermé de l'extérieur et dépourvu de contrôleur.

Par contre, le long du quai, des uniformes s'agitent; des gens jaillissent du bâtiment de la gare et se portent au-devant des grappes humaines qui se précipitent aux portières enfin déverrouillées. Neige fondue, froid humide et pénétrant. On tend des enfants par les fenêtres pour accélérer la sortie. Une forme de panique s'est emparée de la foule si longtemps parquée : elle veut fuir les wagons qu'on croirait en feu.

L'adolescente a saisi la main de sa mère titubante et cherche des yeux le lecteur; elle le retrouve dans le compartiment voisin du sien, collé à la vitre, peu pressé de descendre. Il observe l'agitation du quai, sourit aux bols de boisson chaude qui circulent déjà, offerts par des mains surgies de partout.

– Regarde, lui dit-il lorsque Anna l'appelle.

Mais comment s'appelle-t-il, au fait ? En dehors de la Bible et des quelques mots griffonnés, elle ignore tout de lui. Elle ne connaît que la lumière de son regard. Il a quitté son poste d'observation et leur emboîte le pas, calme, paisible.

– Comment t'appelles-tu ?

– Anna. Et toi ?

– Angel. Regarde !

Tout en l'aidant à soutenir sa mère sur le point de trébucher du haut des marches métalliques, il désigne du menton les groupes qui se sont formés autour des marmites fumantes ; à l'intérieur de la gare, les matelas préparés et les équipes de bénévoles chargés de couvertures.

– Voilà ce que je veux être : un homme de bonne volonté.

Son ton résolu la subjugue ; il lui semble qu'elle le suivrait jusqu'au bout du monde. Elle lève les yeux avec lui vers le ciel étoilé tandis qu'on étend sa mère sur un brancard.

Au centre du quai, un chœur d'enfants emmitouflés entonne Noël sous la direction d'une très vieille dame ; elle tourne souvent la tête vers les exilés pour s'assurer qu'ils jouissent du concert; sa chevelure blanche forme une auréole. Un ange passe.

Fragments d'un mystère

Marie dans sa maison de Nazareth

Les murs de la maison sont épais, blanchis à la chaux ; ils protègent du soleil, de la chaleur accablante. Chez nous, l'ombre et la fraîcheur permettent de vaquer aux occupations quotidiennes.

Joseph rabote le bois clair et odorant ; je prépare le repas : la semoule fine gonfle sur la flamme.

Le petit grandit en moi, il grossit doucement, et moi aussi. Sous ma robe bleue, il bouge ; il manifeste sa présence, de plus en plus souvent.

Il est en moi, celui dont on m'annonce la vie rude, éprouvée, la mission inimaginable.

Je l'héberge pour neuf mois.

Avec lui je vais du seuil au tabouret, de la table à l'établi de Joseph.

Nous sommes ensemble. C'est bon.

Je l'attends, cet enfant promis, espéré depuis des générations. Le Messie, est-ce possible ?

Joseph a taillé des oiseaux dans le bois, il les a reliés par un fil après que j'y ai posé des touches de couleurs gaies. Le souffle du vent animera le mobile dans la lumière : l'enfant tendra les mains vers lui en gazouillant.

Je prépare sans hâte sa venue au monde ; notre séparation.

À Béthanie, ma cousine Élisabeth fait de même.

Et d'autres femmes du village, du pays ; plus loin encore.

Nous portons l'avenir dans le nid de notre ventre clos.

Marie sur les routes

L'ordre est formel : il faut aller se faire recenser à Bethléem, d'où Joseph est originaire.

L'empereur César Auguste veut connaître le nombre de ses sujets, c'est normal.

Mais pour moi dont le ventre pèse…

Joseph ne veut pas nous abandonner à la maison, le petit à naître et moi.

Allons, Marie ! tu n'es pas seule : vois toutes les femmes enceintes qui ferment leur porte, emportant un maigre viatique.

De Nazareth en Galilée, il faut monter en Judée, à Bethléem, la ville de David. La route sera longue pour chacun. Plusieurs jours de marche.

Tu es jeune, Marie ! Pense à ta voisine courbée sur sa béquille.

Joseph à tes côtés te soutiendra.

On marche, on s'arrête, on repart.

On marche, on s'assied un moment pour goûter un peu de nourriture.

On ferme les yeux quelques minutes, on repart.

Les reins font mal, les pieds se blessent aux cailloux du chemin.

On se couche pour dormir là où on trouve un abri.

Arriverons-nous jamais ?

Parfois le petit durcit dans mon ventre. Pourvu qu'il ne vienne pas trop tôt !

Il pourrait prendre mal.

Dis-moi, Joseph, quand apercevrons-nous Bethléem ?

Où passer la nuit ?

Le soir tombe. La cadence de la marche ralentit.

Nous sommes si fatigués.

Joseph m'enveloppe de son regard affectueux, mais je vois qu'il s'inquiète.

Il porte notre bagage sur l'épaule ; moi, le petit au creux de mon ventre : on dirait qu'il s'est endormi.

– Où logerons-nous cette nuit ?

– À Bethléem, au caravansérail.

Le caravansérail est déjà plein, murmure-t-on de bouche à oreille ; la rumeur circule par les chemins.

Joseph frappe à la première porte de la bourgade. Sur le seuil, l'homme ne nous regarde même pas :

– Il n'y a pas de place.

Sans doute ont-ils déjà été dérangés par ceux qui vont plus vite que nous. Nous sommes nombreux à chercher un refuge pour dormir.

Joseph essaie plus loin. Il s'obstine. On tarde à venir.

– Passez votre chemin, nous ne logeons pas les miséreux.

La voix est dure. L'homme se méfie. On ne sait jamais à qui on a affaire.

– Non, pas de place pour vous.

Le triste refrain. N'ont-ils pas dû, eux aussi, aller se faire recenser ? Ne connaissent-ils pas les hasards de la route ?

On dirait une auberge. J'ai mal au ventre. Joseph reprend courage et frappe au risque de se faire mal accueillir.

– Il n'y a plus de place.

– Ma femme est enceinte ; le petit naîtra bientôt…

Joseph s'écarte pour que l'aubergiste puisse me voir, apprécier la situation.

– Il n'y a plus de place. Mais, si vous continuez un peu plus loin, vous trouverez une grotte. Des bergers s'y réfugient parfois. Au moins vous serez à l'abri.

Il ferme vite la porte. Il n'a pas envie de me voir trébucher sur le chemin.

La grotte

Dieu qu'il fait humide ici ! Où trouver du bois pour allumer un feu ? Marie a mal. Elle ne se plaint pas, mais je le vois : son visage se crispe par moments ; on dirait qu'elle se retient de crier ; elle tient son ventre si lourd. Je ne veux pas la laisser seule, même pour aller chercher du bois ; d'ailleurs, dans le noir, je n'y verrais rien.

– Allonge-toi.

Je ramasse la paille plus ou moins sèche accumulée dans un recoin profond, j'en fais une paillasse où elle accepte de s'étendre. Si quelqu'un venait nous aider !

Voilà un bœuf et un âne ! D'où sortent-ils ceux-là ? Leur haleine réchauffera l'atmosphère. Marie ébauche un sourire quand le bœuf vient lui lécher la main de son mufle pataud.

Mais déjà elle se contracte. Elle ne va tout de même pas… Mais si, je suis bête, le terme est là. Jamais je n'aurais dû partir sur les routes avec une femme en fin de grossesse. Joseph tu es un fou ! Que vas-tu faire maintenant ?

Marie halète comme un chiot, elle tente de rester calme, et la voilà qui pousse, reprend haleine et pousse encore. Je lui tiens la main. Je voudrais être à sa place.

La naissance

Un cri, un cri violent de nouveau-né résolu à vivre se fait entendre.

Et le voici dans mes mains, mes larges mains de charpentier : ce petit rouge et ridé, gluant, dont je dois couper le cordon comme je peux.

Un enfant comme les autres. L'Enfant cependant.

Je suis à genou. C'est plus fort que moi.

Marie sourit avant de se laisser retomber vers l'arrière, épuisée ; je lui pose l'enfant dans les bras. Une lumière comme je n'en ai jamais vue semble irradier de lui, si petit.

Je les recouvre de mon manteau : qu'ils dorment l'un dans l'autre pendant que je préparerai une couche pour Lui.

Est-ce que je rêve ? Il me semble percevoir une musique venue du ciel.

La crèche

Quand on cherche, on trouve, disait Anne, la mère de Marie. J'ai déniché la mangeoire des animaux ; je les ai poussés doucement :

– Pardon ! C'est pour l'Enfant.

On aurait dit qu'ils comprenaient ; ils m'ont suivi tandis que je nettoyais l'auge, y plaçais un fond de paille. J'ai pris l'enfant des bras de sa mère exténuée, je l'y ai déposé, soigneusement enveloppé dans un pan de ma chemise déchirée, et je l'ai recouvert de mon bonnet de laine : il est si petit !

De nouveau je suis tombé à genou ; l'âne et le bœuf aussi, aurait-on dit.

Tous les trois penchés sur cette merveille. Bon sang ! un enfant ici, dans cette grotte, ce dénuement. L'Enfant, le Messie ! Il faut vouloir le croire.

Est-ce que je n'entends pas de la musique ? Joseph ! tu as des hallucinations ou quoi ? *Gloire à Dieu au plus haut des cieux…*

La voix des anges, pas moins que cela. Dieu ! que c'est beau. Je réveillerais bien Marie, mais elle est si fatiguée.

Les bergers

Il me semble percevoir un mouvement, des pas qui s'approchent. À cette heure-ci qui peut surgir ? Il y a de quoi avoir peur ; nous sommes sans défense.

Allons, Joseph ! tu en as vu d'autres et cet Enfant est ta force, ton rocher. *Près de lui je ne crains aucun mal.* Les psaumes me reviennent en mémoire.

Les voilà ! Quelles trognes ! mais quels braves gens ! Ils font cercle autour du petit.

Marie s'est réveillée, elle sourit. Un vrai soleil.

Ils déposent au pied de la crèche du pain, du lait, des olives, tout ce qu'ils ont.

– Merci !

Marie et moi, nous l'avons dit en même temps et ne voilà-t-il pas que l'Enfant ouvre les yeux. Je jurerais qu'il a souri.

La voix des anges ne se lasse pas. Je distingue un fragment de leur cantique : « *Paix sur la terre aux hommes de bonne volonté.* »

Il ne fait pas encore jour et cependant une lumière étrange, belle, chaude, adoucit l'intérieur de la grotte. On dirait un palais.

Les bergers parlent d'un ange qui leur aurait indiqué le chemin. Le plus jeune en est encore éberlué. Il bredouille :

– Un ange, puis d'autres… Nous sommes venus, en courant.

On n'en est plus à s'étonner. Cette nuit, rien ne ressemble à rien.

Les rois mages

Il ne manquait plus que cela : un véritable cortège !

Précédés de serviteurs, suivis de porteurs de cadeaux, trois rois ont mis pied à terre ; ils laissent leurs dromadaires à l'entrée et les voici prosternés devant l'Enfant. Ils viennent de loin, ces voyageurs. Tout semble naturel à Celui-là qui lève les bras pour les accueillir.

Les étrangers encerclent la mangeoire de leurs présents. Que fera l'Enfant de l'or, de la myrrhe et de l'encens ? Dans leurs pays, ce doit être ce qu'il y a de mieux.

L'or pour le Roi de l'univers. L'encens – *Que ma prière monte comme l'encens* – pour l'honorer ; avec l'âne et le bœuf qui encensent à leur façon, ce n'est pas de refus. Et la myrrhe pour ensevelir : le berceau, le tombeau, non ! pas cette nuit ! je ne veux penser qu'à cette naissance.

Je préférais les cadeaux des bergers, mais je ne voudrais pas les blesser.

Allons Joseph, pense plus loin que ton estomac. Ils veulent honorer ton fils, le Fils.

Gaspard, Melchior, Balthazar, voilà des noms qui ne sont pas de chez nous, mais ils sonnent comme un envol de trompettes.

Ils sont là, humbles et ravis ; on dirait des enfants, eux aussi. Venus de si loin pour l'adorer. Splendides dans leurs vêtements dorés.

Ils racontent qu'ils guettaient un signe depuis longtemps. Une étoile leur est apparue et leur a indiqué la route. En chemin, ils l'ont perdue ; ils sont allés se renseigner près du roi de Jérusalem, trop poli, trop empressé pour être honnête. Ils ont dû promettre de l'avertir après avoir trouvé le fils de Dieu.

En sortant de chez Hérode, ils ont trouvé l'étoile qui les attendait ; ils l'ont suivie jusqu'ici.

Ils rentreront chez eux sans repasser chez Hérode ; ils se méfient. Moi aussi.

Cet Enfant espéré, menacé.

La fuite en Égypte

– Marie !

– Oui, Joseph, fait-il déjà jour ?

– Non, mais viens !

– Je voudrais dormir encore avant de nourrir l'enfant.

– Non, lève-toi ! il faut partir, un ange est venu m'avertir en songe.

– Un ange ?

– Hérode en veut à la vie de l'enfant, il faut fuir.

– Alors je me hâte.

Marie s'est redressée, elle a enveloppé l'enfant dans un pan de son grand manteau bleu, elle s'est assise sur le dos de l'âne.

Les voici dans l'obscurité, marchant vers le pays voisin. Échapperont-ils à la sauvagerie jalouse du roi ?

La nuit est noire, couleur d'encre et de sang.

Dans leur dos, la ville hurle ; toutes les mères crient d'horreur et de douleur car le roi, furieux de ne pas avoir revu les rois mages parjures, a ordonné d'assassiner tous les enfants de moins de deux ans. Ainsi, jure-t-il, il sera certain que personne ne viendra le détrôner.

Les mères se défendent comme des lionnes. En vain tentent-elles d'arracher leurs petits aux bourreaux. Hauts cris dans la nuit. *Du fond de l'abîme, je crie vers Toi Seigneur.*

Joseph avance à côté de l'âne qui peine sous le poids de la mère et de l'Enfant.

La nuit est noire, couleur d'encre et de sang.

Jusqu'où marcheront-ils ?

Ils resteront sept ans en exil, attendant la mort d'Hérode ; sept longues années avant de rentrer à Nazareth où l'Enfant grandira en âge et en sagesse.

Noël aujourd'hui encore

Paix sur la terre aux hommes et aux femmes de bonne volonté ! Le chemin sera long.

Mon Dieu ! cette aventure à chaque pas recommencée ! Ce n'est pas du sucre et du miel. Pas des images pieuses ni un conte à dormir debout.

Une histoire vraie à vivre chaque jour.

Entends-tu le piétinement, l'interminable horde des fuyards de tous pays, dans la poussière qui dessèche la gorge, en route vers d'innommables camps ?

Marie, Joseph et l'Enfant en tête. Nous à leurs côtés depuis des siècles. Nous, dans la vallée des larmes, montant au calvaire, attendant que la pierre du tombeau soit soulevée.

L'étoile ne cesse de briller dans les ténèbres.

Toi, quelle lumière porteras-tu pour éclairer le voyage ?

À ce moment, les acteurs du jeu sacré s'adressent à chaque spectateur, de manière personnelle, en l'invitant à proposer une initiative.

Conte de Noël à jouer

Pénombre inquiétante, objets difficiles à identifier. Deux silhouettes d'enfants recroquevillés dans un coin au fond côté cour qui vont progresser en oblique vers l'avant gauche de la scène, en silence, en se tenant serrés l'un contre l'autre. Ensuite l'aînée prendra de l'avance, traçant la route.

– J'ai peur, Jana, j'ai très peur.

– Moi aussi, Baptiste, mais ça ne sert à rien de le répéter.

– Il fait noir, je ne vois rien.

– Avance, ne t'accroche pas à ma jupe, tu vas me faire tomber.

– Tu sais où on va ?

– Non. Je sais seulement qu'il faut filer d'ici. Ils ont encore bombardé cette nuit, toute la nuit.

– J'ai entendu.

La voix de Baptiste s'étrangle.

– Et Maman, où est ma Maman ?

– Elle est partie à la recherche de Papa. Elle nous l'a dit hier soir, rappelle-toi.

– Et quand elle reviendra et qu'elle ne nous trouvera plus à la maison ?

– J'ai laissé un papier sur la table : j'ai écrit en grand qu'on allait vers la frontière.

– Mais Maman avait dit de ne pas bouger, de rester à deux à l'intérieur.

– On est à deux. Ne pas bouger, c'est être enseveli sous la maison.

– Le papier aussi alors ?

– Arrête, tu me tues.

– Pourquoi tu dis « Tu me tues » ? Je te suis, moi.

– Tais-toi à la fin, tu m'embrouilles et j'essaie de trouver le bon chemin.

Ils sont debout à l'avant-scène, face au public qui les découvre désarmés, mal vêtus, sans autre bagage qu'un sac à dos débordant d'objets hétéroclites. La fille plus âgée et le petit garçon scrutent les environs. L'aînée croit apercevoir une clarté vers le centre du public et entraîne prudemment le petit qui lui emboîte le pas, effrayé, se plaignant sourdement.

– Jana, je suis fatigué, moi !

– Pense à Maman, Baptiste : tu crois que le bébé dans son ventre, ça ne pèse pas ? Tu penses qu'elle n'est pas fatiguée, elle ? Et pourtant elle cherche la trace de Papa.

Jana ralentit et mouche le nez du petit.

– Ça va ?

– Oui (*il renifle, ravale ses larmes*) ; je vais, Jana, je vais comme toi, mais.

– Où allez-vous, tous les deux ?

Une silhouette hirsute a surgi devant eux. Ce n'est pas un soldat, mais il porte tout de même une fourche qui ressemble à une arme. Jana s'est placée par réflexe devant le petit.

– On cherche nos parents.

– De quel côté ?

– On ne sait pas, on ne les a pas vus sortir, on était dans la cave à cause du bombardement.

L'homme s'est accroupi devant eux et sort de sa poche un morceau de pain qu'il coupe en deux avant de le leur tendre.

– Prenez ; j'ai déjà mangé ma part. Nous allons nous reposer tous les trois, puis nous repartirons ensemble.

– Vous n'allez pas nous mettre en prison ?

– Quelle prison ?

– Dans un camp. On dit qu'il y a des camps où ils enferment les gens.

– Non, moi aussi je fuis les camps.

– Vous n'allez pas nous ramener à la maison ?

– Je ne sais même pas où vous habitez ! Je vais vers la frontière. Ma femme et mes gosses ont été écrasés sous la maison bombardée ; je m'enfuis avant qu'ils ne m'arrêtent.

L'aînée des enfants n'est qu'à moitié rassurée. Par contre le petit s'est franchement réfugié dans les bras de l'homme et s'y est endormi.

– Comment s'appelle ton frère ?

– Baptiste ; moi c'est Jana, et toi ?

– Josef. Tu as d'autres frères et sœurs ?

– Maman attend un bébé.

L'homme a un geste de découragement ; il murmure :

– Un bébé par les temps qui courent. C'est insensé. Il faut être fou pour oser.

Il se lève en emportant le petit endormi sur son épaule.

– Viens !
– Où vas-tu ? J'ai peur.
– Tout le monde a peur. Nous sommes tous dans le noir, dans le froid. Personne ne s'occupe de nous.

Jana le regarde attentivement, plus détendue.

– Mais moi je vais prendre soin de toi et de ton frère. Nous passerons la frontière, tu verras !
– Et Maman ?
– Nous le retrouverons. Enceinte, elle ne peut pas aller très loin.
– Vrai de vrai ?
– Tends ta main : tope là ! Parole donnée.

Jana a glissé sa main dans la grande main ; maintenant qu'elle n'est plus seule responsable de son jeune frère abandonné au sommeil et qui sourit, elle semble tout à coup plus petite qu'au début.

Ils marchent dans l'obscurité, font le tour de la scène en silence ; on les sent aux aguets. Soudain Jana bute contre une masse informe.

– Aïe ! Qu'est-ce que c'est ?
– Ne bouge pas !

L'homme se penche et retourne du bout de sa fourche un cadavre de mouton.

– Ce n'est rien, rien qu'une bête morte. Ne restons pas là : elle empeste.
– Pourquoi ils ont tué ce mouton ?
– Je crois qu'il est mort de faim et de soif.
– Et nous alors ?
– Nous sommes résistants, nous sommes forts.
– Forts ?
– Nous emportons dans notre cœur, notre maison, tous ceux que nous aimons.
– Même ceux qui sont morts ?
– Bien sûr. Personne ne pourrait nous les arracher.
– Même s'ils nous torturent ?
– Personne ne peut rien contre ceux qui vivent en nous. L'amour est plus fort que la mort, tu le sais bien, Jana.

Josef réajuste avec douceur le fardeau de Baptiste. Ils marchent et s'éloignent par où ils ont surgi. Ils disparaissent de la vue des spectateurs.

* * *

Côté jardin au fond s'allume une bougie : une femme très enceinte est assise à la table dans une attitude découragée ; elle regarde la photo écornée de deux enfants. Elle parle à voix basse, haletante :

– Où peuvent-ils être à cette heure-ci ?

Une autre femme étendue sur une couverture près d'elle se redresse à demi ; on distingue son visage émacié pris dans un foulard.

– Tu m'as réveillée, Maria, en parlant tout haut.
– Pardonne-moi, mais je deviens folle : où peuvent être mes petits ?
– Dis-toi qu'ils marchent. Les miens ont été tués sous mes yeux ; on ne m'a même pas permis de les enterrer.

La femme retombe sur sa couverture, visage contre le sol. Maria poursuit sa contemplation silencieuse tout en se parlant à elle-même, assurant questions et réponses. Elle se dédouble au bord de la folie.

– Quand j'ai vu qu'ils avaient enfermé mon mari dans l'ancien dépôt avec tous les hommes du village, j'ai couru à la maison, mais, de la maison, il ne restait rien. Jana aurait dû me laisser un mot ; elle le faisait toujours lorsqu'elle partait jouer avec une amie…

– Qui te dit qu'elle ne l'a pas fait ? C'est le souffle du bombardement qui a tout emporté.

– Vers où se sont-ils enfuis ?

Maria jette un coup d'œil vers sa voisine endormie, ébauche le geste de la réveiller puis se retient ; elle tâte son ventre de femme enceinte.

– Et celui-ci qui ne bouge plus. Souvent l'enfant se calme quand il s'engage ; il a moins de place… L'accouchement est proche.

À voix haute elle lance :

– Je ne veux pas accoucher seule, ici. Je vous en prie, aidez-moi !

Elle se redresse. On voit des lampes de poche balisant l'espace. Deux représentants de la Croix-Rouge entourent les deux femmes ; la compagne de Maria, tirée du sommeil, s'est relevée. Ils les invitent à avancer, à prendre une boisson chaude. Mais la femme enceinte se sent mal ; il faut l'allonger. On apporte une civière.

– Il me semble que ce sera pour ce soir, *chuchote l'infirmier portant un bandeau sur le bras.*

Tandis qu'ils masquent le corps de la femme, les regards se détournent vers l'homme et les deux enfants qui surgissent du fond, côté cour. Jana parle la première :

– On dirait un camp.
– Où ? Je suis tellement épuisé que je ne distingue plus rien.
– Là, regarde !

Josef pose un instant sur le sol Baptiste toujours endormi. Il scrute avec Jana. Des lumières formant étoile s'affirment.

– Là, des lampes de poche, des gens. Il faudrait peut-être se cacher…

Baptiste s'est réveillé. Ils s'approchent tous les trois très prudemment du groupe. Jana se tourne vers Josef avec un air de défi.

– Tu as bien dit qu'on était fort.

Soudain Jana s'enhardit, comme habitée par un pressentiment ; elle se faufile entre les corps ; elle s'exclame :

– Maman !

Les gens s'écartent laissant voir la civière. La jeune femme exténuée ouvre les yeux, un cri de nouveau-né perce le silence. Une lumière dorée saisit la mère et l'enfant au centre du groupe qui forme comme une grotte.

– Maman, tu étais perdue et te voilà retrouvée ! Avec le bébé ! C'est un garçon ou une fille ?
– C'est celui que nous attendions.

Les deux enfants s'agenouillent de part et d'autre. L'homme, appuyé sur son bâton, se penche au-dessus des quatre. Un son de flûte vient du camp et les autres fuyards envahissent progressivement la scène, une bougie à la main. Arrêt sur image.

Le tout doit être joué lentement, chaque geste entouré de silence, les paroles surgissant sans hâte.

Des vêtements sobres, ternes de réfugiés sur les routes de l'exode. À la fin seulement, après la naissance, quelques touches de couleur – un rouge pour une couverture sur la civière, le bleu vif d'un bonnet, des étoffes à reflets dorés que le personnel de la Croix-Rouge déposerait sur les épaules des enfants. Sur la table, une cruche de vin, un beau pain formant nature morte à la bougie comme un Georges de La Tour. De la beauté. Peut-être une banderole tendue au-dessus du groupe par deux anges portera les mots de « Paix aux hommes de bonne volonté ».

La musique sera accordée aux différentes étapes : au début une musique contemporaine, sourdement inquiétante, simplement enregistrée ; bruitages nocturnes peut-être ; puis la flûte ou un harmonica joué sur scène par un réfugié du camp ; une berceuse de Noël musée en chœur par le public.

Tout s'achèvera dans le recueillement.

Finale

Prière pour le temps de Noël

Noël à l'horizon. Seigneur, aide-moi à faire bon usage de la nostalgie. À ranger allégrement dans une malle les jardins d'enfance définitivement clos qui continuent à encenser la mémoire. Les appels sur le seuil « Les enfants ! On rentre, on mange ! » Les moufles en laine rouge reliées à la veste par de longs élastiques. L'odeur du seringa après la pluie. Le velouté des pêches-abricots caressant la paume, leur pulpe juteuse entre langue et palais. « Vu ! » Le cri triomphant du cache-cache. Les chemins de mûres barbouillés de noir, hantés d'abeilles. La voûte étoilée qui fleurissait haut, par-dessus le feu de camp et nos chants recroquevillés sous la couverture.

Rangeons, rangeons, débarrassons les étagères et confions leurs richesses à la mémoire : dans l'étude silencieuse, les crissements des plumes sur les cahiers tandis que l'ombre montait aux fenêtres, que bientôt s'allumeraient les lampes. L'intimité du poème qui ne nous quittera plus ; Marie Noël, son nom comme une fête.

La mer surprise au clair de lune, frissonnante, murmurante. Les premières lèvres posées sur les nôtres au tout début de l'aventure d'amour, les bras, le corps ouvert. Le roulement du train qui se hâtait vers lui. Le souffle du nouveau-né dans son berceau parallèle au lit de la neuve accouchée, barques jumelles. Les têtes rapprochées surprises autour de la table au retour d'une absence prolongée, la bouffée d'air familial. L'attente des regards tournés vers l'arrivant.

C'était hier, rangeons, rangeons ! Délestons-nous. L'allant des courses à la nage, à patins, à vélo. Le plaisir de la marche élastique, le contrôle des muscles, la respiration ample. Souvenirs vivaces alors que s'épaissit le corps, s'amollissent les muscles. Le bout d'une nuit de fièvre interminable lorsque s'annonce le chariot du petit déjeuner dans le couloir de l'hôpital. Les ruptures, les amputations, les renoncements qui ourlent de gris les couleurs du temps supplanteraient ces odeurs, ces voix, ces goûts, ces touchers et ces images à foison.

S'ils illuminent notre souvenir, ils risquent aussi de nous y fixer, de nous alourdir. Ne permets pas, Seigneur, que nous gênions les autres de nos regrets, de nos déceptions.

Demain c'est Noël. Ne pourrions-nous déposer notre bagage non pour l'oublier, mais pour courir plus léger vers Toi, vers nos frères, sans encombrer personne de notre trésor privé, à jamais inaliénable ?

Demain c'est Noël. Le mot sonne aux oreilles comme un rappel et une promesse. Un Enfant naît et nous voudrions lui porter nos réminiscences d'homme et de femme usés, gênés aux entournures par un vêtement trop étroit, soumis à l'attraction morbide de la pesanteur.

Oublier, mais oublier vraiment, faire place à l'inouï, à la merveille, à l'éveil, au réveil.

Guéris-nous, Seigneur, de cette terrible surdité aux appels venus d'ailleurs, de tous les coins du monde. L'oubli de la souffrance des autres parce que le cœur racorni n'a souci que de lui-même. L'indifférence mortelle.

Transfigure cette nostalgie accablante en une faim, une soif de l'essentiel ! Quand nous n'en pouvons plus, Toi tu peux. Je n'ai crainte. Tu nous rendras au centuple ce que nous avons déposé aux creux de tes paumes, si petites que Marie doit t'aider ; Joseph la seconde, penché sur la crèche. Et Tu souris. La lumière vient balayer les ombres et les miasmes. Tout redevient possible dans ta clarté lustrale.

Quittons l'usage, l'usure, la routine.
Délestons-nous du passé
pour oser bondir, nous ouvrir
à l'annonce inouïe : Il va venir.
La promesse telle un jet de lumière,
un ferment de vie, une parole qui lève
et fait se lever en nous le meilleur.

La nuit n'est pas noire, elle inaugure.
Tout commence et recommence.
Fruit de la patience, longue attente,
infinie constance à travers les siècles,
le voici venu à nous, cette nuit de Noël.
L'action de grâce nous monte aux lèvres.
Le verbe s'est fait chair.

Incarner son amour à notre tour :
comment vivrons-nous ce défi insensé
au fil de nos jours ordinaires, décharnés ?
Tu es là, Tu nous tends la main.

Table

Achevé d'imprimer sur les presses
de l'imprimerie EMD S.A.S.
en novembre 2009

N° d'imprimeur : 22322
Dépôt légal : novembre 2009

Imprimé en France

Composition et mise en pages réalisées par
Sud Compo - 66140 - Canet-en-Roussillon
224/2009